우리 님과 사랑가로
노닐적으

우리 소리를 사랑하는

伽 里

박문사

우리 님과 사랑가로 노닐적으

초판인쇄 2021년 6월 10일
초판발행 2021년 6월 15일

저 자 우리 소리를 사랑하는 伽 里
발 행 인 윤석현
책임편집 김민경
발 행 처 박문사
등 록 제2009 - 11호
주 소 서울시 도봉구 우이천로 353
전 화 (02)992 - 3253(대)
전 송 (02)991 - 1285
전자우편 bakmunsa@daum.net

ISBN 979-11-89292-82-9   03800

정가 10,000원

추천의 글

우리 소리 언어들이 이처럼 아름다울 줄이야. 가슴에 간직할 밀어가 넘치는데 다시 한 번 흥타령의 고향 한국인으로 태어난 것이 자랑스럽기도 하거니와 너무나 환상적인 사랑이며, 아름다움이요, 춘몽 같은 언어들이라.

이 시를 보면서 문득 우리 현악기가 생각나니 아쟁이요, 해금이다. 가리라는 국악인이 사랑님과 주고받은 글인데 그 속의 주인공들이 소년, 소녀처럼 설레임이 있다. 그리고 간절한 소망이 있다. 나도 이런 애틋한 사랑가를 불러보고 싶은데... 노욕이라고 비웃을까.

허 허.

우리가 사는데 가장 중요한 것
은 사랑이 아니랴. 돈, 명예, 높은
직 모두가 끝내는 구름처럼 허망한
것인데 사랑만이 영원히 남는다.
사랑 없이 사는 삶이야말로 껍데기
같은 인생이 아니랴. 신라 고운의
무심이나 추사의 무심론 저 편에도
아름다운 사랑이 있었을 진대. 모
두 사랑을 숨겼기 때문이리라. 그
래도 송강은 솔직하고 대담하게 내
놓고 강아를 사랑한 용기 있는 가
인이었다.

얼굴 없는 시인, 가리伽里의 우
리소리에 대한 애정과 용기, 순진
함이 이처럼 아름다운 사랑가를 상

재하게 이르렀다. 이 시들이 요즈음 유행하는 국악가요로 우리 소리로 거듭 태어났으면 하는 기대를 가져 본다. 이 시대의 공무도하가이며 흥타령이요, 춘향가 아니랴.

2021. 신춘
봄비가 오는 날
사랑가에 취해 쓰다

솔뫼 정 광

우리 님과 사랑가로 노닐적으

님의 육자배기

아쟁으로 가락 삼아
한으로 토해 내는
눈물의 소리마당
육자배기련가

조락의 나뭇잎들도
숨을 죽이는데
오늘은 가얏고마저 애절하더이다

비파를 안고 내려 온 비천인가
우리 님은 눈부시어라
눈물마저 곱디고운

비단치마 왼손으로 잡으며

합죽선을 펼치네
매화향을 뿌리네

북을 치는 님

백설 같이 고운 님
북채 잡고 장단 맞추네

섬섬옥수 힘주어
덩더쿵 딱

내 가슴을 울리는
둔중한 타악 소리

흥겨운 풍류로세

님의 손이 내 손에 닿을 때마다
전율이 돈네

오늘 밤 북장단은
님과 함께 하니 신바람 나네

꿈속의 사랑가

오늘은 꿈속에서
사랑가로 놀았네

님을 업고 보니
좋을 호자가 절로나

앞태를 보자 뒤태를 보자

합환주를 주랴
아니 그것도 나는 싫소
감로주를 주랴
아니 그것도 나는 싫소
매화꽃 한 송이를 띄운
매화주를 주랴
아니 그것도 나는 싫소

그러면 내 마음 상사 눈물을 주랴

오늘은 꿈속에서 님을 업고 놀았네
사랑가로 놀았네

좋을 호자가 절로 나네
기쁜 눈물이 볼을 적시네

언제 실컷 울어볼거나

긴긴 밤
뜬 눈으로 새우며
은하수 별들만 세었다네
님은 어디에 계시나

야속한 사람아
구름처럼 하늘만 돌고
청계수인 양
머물 생각 않고
흘러만 가네

동지섣달 찬바람에
국화향은 그윽한데

가야금 한 줄 튕길 때마다
서글픈 낙엽소리
그리움만이 쌓이네

님의 품에 안겨
언제 한번 실컷 울어 볼까나

동지섣달 미운 바람
국화마저 떨고 있네요

가야금 열두 줄 모두 우니
그리움만 더 커지네

님을 품에 안고
언제 한번 실컷 울어 볼까나

헌화가

님이 원하신다면

벼랑 진달래꽃도 꺾어
드리오리다

바람 부는 날
님이 찾으신다면

학의 등을 타고라도
훨훨
은하수라도 넘으리라

비단 길 만들고
어여쁜 님 맞으오리다

천년을 윤회하며
끝내 잊지 못해 환생하신

수로부인*이신가

오늘은
매화꽃 바치오리다

못다 부른 노래
헌화가를 들려주소서

* 수로부인水路夫人과 관련한 설화는 『삼국유사
三國遺事』 수로부인 조에 전하며, 8세기 초의
향가인 〈헌화가獻花歌〉와 〈해가海歌〉의 형성
배경을 설명해 주는 배경 설화의 역할을 한
다. 성덕왕聖德王(재위 702~737) 때 순정공純
貞公이 강릉 태수로 부임하는 길에 부인인
수로부인이 천 길이나 되는 높은 벼랑 위에
핀 철쭉꽃을 갖고 싶어 했다. 모든 사람이
난색을 표하였으나, 소를 몰고 가던 노인이
꽃을 꺾어 주면서 수로부인에게 〈헌화가〉를
지어 바쳤다.

유정낭군 이별하고

이별이 인생사 흔하다지만
유정한 임 이별키는
너무 힘들어

기나긴 겨울밤이 눈물로 젖었네

밤새 울며 베갯잎을 다 적셔도
님은 끝내 말 한마디 못하네

기약 없는 이별이라
다시 만날 약속도 못하고

떨어지는 낙엽 보며
이별 잔만 나눴네

하얀 눈이 무릎까지 쌓이는 날
문밖에 홀연히 님의 모습 보여

기뻐 뛰어나갔지만

눈보라 허상이었네
그 자리에 털썩 주저앉아
섧디 설운 눈물만 뿌렸으니
유정한 님 이별키는
죽기 전은 못 할 일

오늘도 싸리문 기대 님 기다리네

단가*를 부르시네

님이 목 쓰다듬어
단가를 부르시네

검은 머리 단정히 빗으시고
비취비녀 꽂으셨네

아직도 앳딘 얼굴
수줍고
처연한 아름다움이여

황홀한 옥색치마
더 없이 빛나는
기품일레라

때로는
흥겨워 너울너울 춤을 추네

복사꽃 흩날리며
도화동천 이루네
중모리 가락 맞춰
선녀처럼 춤을 추네

---

* 단가 / 순조 때의 명창 송흥록未興祿은 「천봉만
학가千峰萬壑歌」를 잘 불렀고, 철종 때의 명창
정춘풍鄭春風은 「소상팔경瀟湘八景」을 지었으며,
고종 때의 명창 정정렬丁貞烈은 「적벽부赤壁賦」
에 곡조를 붙여 불렀다. 단가는 「진국명산」
을 비롯하여 「장부한丈夫恨」·「사창화림풍紗窓
花林風」·「소상팔경」·「만고강산萬古江山」·「호
남가湖南歌」·「강상풍월江上風月」·「죽장망혜竹杖
芒鞋」·「편시춘片時春」·「고고천변皐皐天邊」·「운담
풍경」 등 50여 종이 넘으나, 오늘날 10여 종
이 불려질 뿐 나머지는 거의 불리지 않는다.

19

조신의 꿈이 그립네

신라 스님 조신이
동해 관음에게 빈 것은
극락이 아니었네

이승의 꿈
태수의 따님과 살고 싶어 했네

따님도 스님을 사모하여
함께 도망쳐 사랑하고 살았네

행복한 삶도 일순간
불행이 두 사랑을 갈라놓았네

스님이 춘몽을 꾼 것일세
꿈을 깨 보니 백발일네라

인생은 한낱 꿈인가

사랑도 행복도 한낱 꿈일세

꿈속에서라도 조신처럼 살고 싶네
우리 님 모시고
도화동천*에 살고 싶네
도화향을 맡고 싶네

* 삼국유사三國遺事 「탑상」의 〈낙산이대성 관음
  정취 조신(이하 낙산이대성)〉조에 속해 있
  는 설화들은 낙산사, 세달사(현재 강원도
  양양 일대)를 중심으로 하는 영험전설이다.
  관음보살의 영험전설을 채록하고 연대기 순
  으로 배열함으로써 진신眞神이 바로 이곳에
  거주한다는 신념을 거듭 강조했다.

동백꽃 따러 가세

찬 겨울을 이기고
먼저 피는 동백꽃

겨우내
가슴속에 담은 그리움인가
붉은 얼굴로 님만을 찾네

아직 해풍도 찬바람인데
가녀린 어깨를 들썩이며
춤을 추네

풍악을 가락삼아
동백꽃 노래 부르네

동백꽃 같은 님

달 밝은 밤 나는 처용이 되어

흥겨워 춤을 추네

동백꽃 함께 따고 싶네

타루비 墮涙碑

옥색치마로 단장한 님
옥비녀 꼽으시고

타루비를 부르네

오늘은 인당수에 딸 팔은 죄책감으로
몸부림치는
가엾은 부친이 되었네

더듬더듬 타루비 찾아
쓰러져 목 놓아 울며
발버둥 치는 모습

너무 서러운 탓에
님도 눈이 젖었어라

처연한 모습이 너무나 아름다워라

흐느끼던 아쟁마저 소리를 접네
마당이 온통 눈물바다...

쑥대머리

임을 이별하고 매양 울었던
춘향이

정절을 지키느라
옥중신세 되어 가련하네

암흑 속에서도
임 하나만을 찾네

일장 수서마저 받지 못하여
손가락 깨물어 애통어린 편지하고

썩은 간장의 눈물로
님의 화상도 그려 본다네

오늘은 님이 북장단도 치시네
춘향의 화신처럼

자태마저 고와

애상에 젖은 모습은
영락없는 춘향일세
떨리는 입술마저 상사화라네

옥잠화 비녀 꽂고

검은 머리 단정히 빗어
은빛비녀 찔렀네

머리를 돌릴 때 마다
춤을 추는 옥잠화玉簪花인가

봉황이 날고 있나
조각마저 황홀하네

지그시 깨문 연분홍 입술
그림처럼 아름답네

님은 가야 귀녀의 기품일세

옥잠화 은빛이 더욱 빛나네

공산 명월아 말 물어보자

공산에 달이 떴네
우리 님 얼굴같이

보름달이 떴네

계궁항아 추월처럼
드높이 떠올라

내 마음 속까지 비친
달아달아 밝은 달아

오늘은 님을 만나려나
말 물어 보자

님 계신 곳 어디신지

님의 수심도 그립네

이별이 아픈 것을
미처 모르고

매창은 님 보낸 것을 후회했네요

다신 보내지 않겠노라
마음 다짐하지만

어쩔 수 없이 또 보낸 여인

임이 보낸 눈물 편지 보며
가슴으로 울었답니다

우리 님 흥타령 소리마다
매창梅昌의 이별가인데

수심도 그립다 합디다

내 품안으로 오세요

춥다 춥다 이렇게 추운 날은
내 품 안으로 오세요

내 사랑의 열기로
백호는 아닐지언정
얼음장 같은
당신의 몸을 녹여주리다

모진 강풍도
찬비도
걱정 마세요

내 가슴에 안기면
평안히 잠이옵니다.

이 세상이 모든 근심 걱정 씻으시고
내 품안으로 오세요

나의 기도

오늘은 눈을 감고
기도 합니다

님을 위한 기도로
신을 만납니다

축복하여 주소서
신이 그토록 사랑하는

보배로운 님입니다.

건강을 지켜주시고
사랑을 지켜주시옵소서

파도 같은 불행도
헤칠 수 있는 힘을 주소서

믿음을 주소서

낙엽 같은 인생

당신은 어디로 가나
찬 바람에 날려
이제 어디로 가나

아름다운 잎사귀들은
자취 없이 사라지고
앙상한 가지만 흔들리네

젊음은 한낱 추억일 뿐
비취 같은 아름다움은
기억조차 못하는 구나

바람결에 흩날리다
흙속에 파 묻혀도
슬퍼하는 사람없네

한번 흘러가면

돌아오지 못하는 길
사랑하는 님과
추억하나 쓸쓸히 남기고

서둘러 머나 먼 길을 떠나네

사랑이란

생각하면
더 없이 허무한 것

영원히 함께 갈 수 없는
님과의 길이라네

애가 타는 열정도
숨 막히는 행복도
처연한 그리움도

신기루처럼
사라지는 허무함 일세

사랑도 언젠가는 혼자 남는 것

그런 사랑인줄 알면서
이별을 생각하면서도

님을 찾네
사랑 타령하네
생각하면
더 없이 아픈 사랑인 것을

시공을 넘은 만남들

동동주 한 병 장만하여
우리 님 찾아
흥타령을 청했네

난생 처음
서툰 손 북채 잡아 보네
숨죽여 맞춰 본 장단

남도의 한을 담은
흥타령은 소리인가
눈물인가

꿈인지 환상인지
부안 명기 매창님이 가락 들고
평양기 한우님도
은하수 타고 내려 왔다네

천상의 신선이 된 백호 임제는
거문고 타고
못 다한 상사곡을 마저 부르네

때로는 이토록 아픈 그리움이
시공마저 초월하여
만남을 주선한다네

흥타령이 맺어준
아름답고 슬픈 환상이어라

님을 만나면

님만 만나면
그만 얼굴이 붉어집니다

태연하려 애쓰지만
가슴은 콩닥거리고

말을 더듬거립니다.

당신의 빛나는 시선 피해
마음은 벌써 숨고 싶습니다.

님을 만나는 순간만은
나는 소년이 됩니다.

꽃밭 향기 속을 헤매는
아이처럼

겨울 거리

숱한 인파속에
보이는 것들은

무두가 우리 님의 모습뿐인데

단아한 모습으로
웃는 모습 생각하니

절로 웃음이 나오네

거리엔
세찬 바람이 부는데

바람마저 당신이네

겨울 연가

겨울이 열리며 행운을 얻었네

우리 님 만난 것은
어쩌면 운명일세

단가가 맺어준 인연
천상의 소리에 감동하여
첫 눈에 스승으로 모셨네

꿈속에서만 그려 온
어여쁜 님
소리마저 가슴을 찌르네

기억해 보니
젊은 시절 어머니를 닮은 모습

평생 꿈을 이루었네

사랑하는 님 찾은 것은

하늘의 뜻만 같네

님의 손을 잡고

님의 손이 얼면 잡고
따뜻하게 해 주고 싶네

하루 종일 잡고 있어도 질리지 않을
님의 손

마디마디 만져주고
금빛 은빛 가락지 끼워주고 싶네

잡고 있으면 점점 따뜻해지는 손
님의 피가
내 가슴으로 전류되어

퍼져오는 아픔

사랑스런 님의 손이라 그런가보네

인사동 길

님과 함께 걷고 싶은 길

그래도 옛길이 있어 즐겨 찾네

찬 겨울 점심나절인데
인적마저 한산하네

금비녀 담을 비단상자 사려고
인사동을 다 헤맸네

까만 머리 곱게 빗어
용잠 꽂은 님의 머리만 생각나네

당신의 머리만 생각나네

얼굴을 다듬고

여자는 사랑하는 남자를 위해 얼굴을
다듬고
남자는 자신을 알아주는 사람을 위해
목숨을 바친다고 하네

님 알고부터
더욱 얼굴을 다듬네

거울도 많이 보고

젊어 보이려고
더 신경을 쓰네

마음 다짐도 하고
많은 시를 쓰려고 하네

인생의 황혼을 잊은

소년 같은 마음으로

매일 상사시를 쓰네
이러다 상사병 걸리지나 않을까

우리 님만 생각하면 더욱 젊어지네

미인도

한옥의 아름다운 곡선은
님 맵시이며

대청마루 우아함은
님의 성품이네

자색 비단치마 입으시고
사랑가로 흥을 돋울 때면

백설 같이 하얀 저고리
요염한 꽃빛이어라

수줍게 치마 잡으니
합죽선이 펼쳐지네

보일락 말락
요염한 외씨버선

흑단 머리 곱게 빗어
옥잠을 꽂았으니

영락없이 미인도일세

연꽃 같은 님

님 조상은 본래 가야국 황실

1천 년 전 글안 침공 때
불력으로 환난을 막으려던

김해호장 허진수는
대반야경 600권을
서백사에 공양했네

어머니의 징수를 빌며
돌아가신 부친의 극락을 염원했네

그 정성이 하늘을 감동시킨 것인가
모진 견디고 일본에 온 대반야경은
국보가 되었네

님도 진흙 속에 피는 연꽃처럼

효심도 조상을 닮았네

고아한 얼굴에 묻어나는
다정불심多情佛心 일세

연 서

님에게 매일 보내는 시
오늘은 마음먹고

연애편지같이 써야겠네

숨길 것도 없고
내숭 떨일 뭐 있겠는가

고백하고 싶네
당신을 사랑한다고

벌써부터 심장은 뛰고
얼굴이 화끈 거리네

마지막 글은
어떻게 쓸까

쓰고 지우고 쓰고 지우다
꼬박 샌 밤

시를 사랑하면

시를 사랑하면
백발에도

인생이 눈을 뜨네

지하철 도어 벽에 붙인 시라도
마음에 드는 것 있으면
사진을 찍어
그리운 친구에게 보내주지

짧은 언어 속에 담긴
비밀스런 영혼들

눈물도 있고
기쁨도 있네

난해함에 숨겨진

것들은

사랑을 고백한 것이 아니랴

차를 함께 하며

차 한 잔 놓고
님 앞에 앉았네

님이 끓여 준 차

입가에 맴도는 향을
어느 차에 비교하랴

추사의 명선茗禪이 생각나네
다산茶山도 차를 즐겼지

우리 님 차에는
사랑도 그윽하네

나 혼자 있을 때

아름다운 우리 님만
생각하지

사진도 보고
동영상도 보고

아름다운 자태에 취해
입술향도 맡아 보지

천지가 가득한 매화향일세

하늘을 덮은 분분한 매화잎들
뿌려지는 곳곳이

모두 도화경일세

인생 얼마나 산다고

인생이 짧다고 하네
모두가 짧다고
한탄하네

따지고 보면
청춘도 아름다움도
결국은 사라지는 것

살아있을 때
하고 싶은 것 다 하고 가라 하네

보고 싶은 거 다 보고
먹고 싶은 거 다 먹으라 하네

못한 사랑도 해 보고
애인도 만들어 보라 하네

다시 태어나는 삶이

멋진 인생

행복은 당신 꺼야 당신이 찾아야 해

나는 님을 찾았네

미련

헤어지기 싫어
자꾸 뒤 돌아보는 날

안쓰러워
끝내 내 등을 보고 있던 님

손짓으로 들어가라 해도
그냥 서 있네요

내가 골목으로 사라진 후에도
님은 망부석이 되었네

함께 하지 못하고
만나면 금방 헤어지는 것이
아쉽기만 한 님

착한 우리 님

님이 아프대요

가슴이 철렁하여
일이 손에 잡히지 않네

며칠 전 퀭한 눈빛 보니
힘드시다는 것을 알았네

아프면 안돼요 아프면 안돼요
우리 님이 아프면 안돼요

얼마나 당부했나요

어찌 그리 착하시고
일에만 매달리시나요

좀 쉬면서 해요
그리한다면서 쉬지 못하는 님

동동주

청풍 도화동천 가는 길에
동동주 사들고 왔네

창밖에 내다 두고
가끔은
한 잔씩 자작하네

같이 잔 들어 줄 사람 없지만
혼 술도 이 시대 풍류려니

코끝에 와 닿는
동동향

몇 잔을 먹다보니
그리운 것은 또
우리 님일세

젓가락 박자삼아

강상풍월江上風月 불러보네

첫눈에 손잡아

첫눈이 내렸어요

눈길에 님 기다리며
떨고 있는 나에게

가까이 다가와

오늘 처음
예쁘고 작은 손으로
먼저 내 손을 잡으셨어요

온 몸에 따뜻함이 느껴 지내요
소년처럼 가슴이 두근거렸어요

가장 행복한 날
천금을 두고도 바꾸지 못할 날

씻지 않을 게요

그냥 오래 오래 간직하고 싶어요

만났다 헤어지면

오랜 시간 그리다가
만남은 잠시

님 가까이서
오래 있고 싶지만

세상일이 그렇지 못하네요

언제 또 만나
당신 향기 맡을까

만나는 설레임 보다
헤어짐이 더 아쉬운데

돌아서면 항상 나 혼자

도시 뒷골목에 혼자 선

나는 겨울 속의 이방인

님 사랑가로 노닐적으

도련님을 업고 노는
우리 님

호자로 노는 모습이
왜 그리 사랑스러운지

춘향의 환생일세

이같이 아름다운 호자를
어디서 찾을까

나도 오늘은
님 어깨에 손 얹고

업고 놀아 볼까나
사랑가를 불러볼까

눈빛만 봐도

이 세상에서
가장 아름다운 눈

우리 님의
사슴 같은 눈입니다.

때로는 자애롭고
어느 때는 눈물이 가득 고입니다.

깊은 심연
찬 얼음처럼 빛나기도 합니다.

당신의 눈빛 만 보아도
가슴이 두근거립니다.

매화 가지에 앉은 새

와작瓦雀 한 쌍 날아와
가지에 앉았네

쌍인걸 보니
우리 님 짝은 아니로세

와작이 날 때 마다
매화꽃 분분하니

꽃잎도 봄비처럼
하늘을 덮고 마네

훨훨 날아가라

꽃 잎 다 떨어지면
우리 님이 아프시다

가지에 앉을 이는 바로 내노라

님이 그리는
착한 와작 되어

조심히 나래 접으리다

당신 소리가 제일
아름답네요

고나혜
님 그리워 우는 사람 몇몇이나 되느냐

당신이 불러주는 육자배기
천상의 소리 일세

추야장
밤도 깊다

남도 이리 밤이 긴가

밤이야 길까마는
님이 없는 탓이로다

언제나 알뜰한 님을 만나서

긴 밤 짤롭게 새고나

내 가슴에 와 닿는 님의 소리
이 세상에서 제일 처연한
육자배기 일세

하루도 못 살겠네

애절한 흥타령 소리
귓가에 맴도는데

그리운 님의 얼굴
보지 않고서는

하루도 못 살겠네

내 가슴에 이미
깊숙이 자리 잡은 님

새벽에 일찍 일어나
님의 얼굴 다시 보네

보고 또 봐도 질리지 않는 님

일없이 전화 걸어

목소리라도 듣네

님은 나의 행복

님을 생각하면
그저 행복해 지는 나

눈에 넣어도 아프지 않을 님

미소하나로
온갖 시름을 떨쳐 주며

때로는 손을 잡아주고

힘을 주는
여신 같은 우리 님

나의 꿈같은 길
열어주는 님

님은 나의 행복이라네

멀리 있어도

멀리 있어도
마음은 언제나 우리 님 곁에

한시라도 생각하지 않는 시간이 없어요.
하루도 열 백번 생각하는 사랑

날이 갈수록 더 그리운 님

눈에 넣어도 아프지 않을
보고 싶은 님

신이 주신 선물

아무래도 님은
하늘이 주신 선물이네

어느 날 갑자기
서쪽 하늘에 무지개 뜨더니

비천처럼 내려온
우리 님

천상의 음악을 연주하네

하늘에서 가져다
아름답게 진설 한
신비스런 가락일세

고아한 모습
낭랑한 소리

모두가 사랑가일세

어허둥둥 내사랑

백설이 분분한 날

빙설 같은 가슴 열어
사랑을 받아준 님

세한도歲寒圖 같은 정절
매란국죽 풍모로세

일편단심
님 하나 만을 생각 한다네

이 세상 둘도 없는 님

어허둥둥 내사랑 어허둥둥 내사랑아

천년이 지나도 변치 않을
사랑이루세

우리 님 힘내세요

오늘 처음 님이
슬픈 얼굴을 보이네요

삶을 얘기하다
그만 속마음을 들려주었습니다

행복하게만 보였던
우리 님
힘든 모습 보니
내 마음도 슬퍼집니다.

그만 두 손을 잡아주며
입맞춤 했네요

따뜻한 가슴으로
안아주며 다독여 주었습니다.

행복한 만남

첫눈이 내리는 날
그리던 님과 만났네

아침부터 이렇게 설레인 적 있을까.
인사동 고가길
인적마저 한산한데

눈을 맞으며 걸었네
같이 우산을 쓰니
더욱 진한 님의 향

언제나 같이 우산 쓰고 살 날 있을까
님이 손을 잡아 주네

나도 모르겠네요
수줍은 미소로
내 손을 잡았네

눈아 눈아 더욱 많이 내려라
오늘을 축복하려므나

울고 웃는 소리마당

한복 단장 곱게 하고
옥색 비녀로 멋낸 님

합죽선 펼쳐들고
흥타령을 부르네

고수마저 어이 비감에 젖느냐
처절한 소리 차마 못 듣겠네

청계수 맑은 물아
무심한 뜬 구름아

님은 울며 가슴을 찢는데
사람들은 그러제로 장단 맞추네

울고 웃는 소리마당
희비 쌍곡선 일세

주고 싶은 사랑

보고만 있어도 즐거운 사람

님에게 줄 선물을
늘 생각하는 사람

님이 기뻐한다면
무엇인들 아끼리요

길을 가다가고
책을 보다가도

우리 님만 생각하는 사람

풍류여행

일찍 일어나면 님한테 소식 있을까
전화기부터 찾네

저장해 놓은 사진도 보고
어제 보내 준 문자도 다시 읽네

님 생각으로 시작하는
아침마다

오늘은 어느 마당으로 갈까
어디서 님을 만날까

님 소리가 있는 곳으로
풍류여행 떠나네

따뜻한 님

찬 겨울
눈 속에서 만난 님

얼음같이 찬 마음인줄 알았더니

봄 하늘 쪽빛 같은 사랑이었네
작은 일에도
눈물 글썽이며
손 녹여 주시는 님

따뜻한 가슴으로 안아
다독여 주며

춥지말라 하시네
떨지말라 하시네

님을 그리네

가슴 속에 타오르는
열정 모두 사위어
먹으로 삼고

두견화 꽃잎 색을 내
우리 님 화상이나 그려 볼까

가녀린 어깨를 덮은
옥빛 저고리
더 없이 날렵하여라

그림 같이 맑은 얼굴
티 까지 그릴까 염려 되네

마음 조아리며
파적하는데

그만
님의 마음까지 그렸네

이별만은 말자

우리 이별만은 말자
아픔 가슴 쓸지 말자

아름다운 세상
외롭게 살 수만은 없잖아

떠난다고 하지는 마요

당신이 떠나면
내가 더 괴롭다는 것을
당신이 더 알잖아

우리 이별만은 말자
울고 살 수만은 없잖아

내가 떠나면
당신이 더 슬프다는 것을

내가 알잖아

님만 생각하면

가슴이 아려오네

아름다운 숙명인가
춘향가 심청가
더 슬픈 가락은 육자배기 일세

한 맺힌 노래만
부르고 사시네

한이 복받치는 뒤끝이야
시원함도 있지만

우리 님을 기쁘게 해드릴
일만 찾아야겠네

내 마음속에 사는 님
더 슬프지 않도록

님은 미인도

수정같은 눈빛
수줍은 미소
언제나 다소곳한 모습

그냥 걷는 것도 어여뻐라

혜원惠園의 미인도 보다
더 아름다운
우리 님 자태

당신의 아름다움을
어디다 비기랴

어느 미인도에 비기랴

안 쓰런 님을 보면

아픈 것도 참고
가족이라면 이리 뛰고 저리 뛰며
살아온 우리 님

목을 자주 만지는 버릇
이유를 알고
한동안 멍하니 굳어졌습니다.

나는 그것이 아름답다고만 했네요

소리꾼은 목이 생명인데
바보 같은 님
목에 생긴 아픔을 참고 살았네요

하나님 우리 님 낫게 해주소서

심청가 타루비 생각하다

그만 울고 말았답니다.

꿈속에서

은하수를 건넜나
수많은 별들이 대하를 이룬
가야왕국

우리 님 사는
왕궁으로 여행을 갔네

높은 성벽을 열고 들어가
먼발치에서 님을 보았네

천의天衣로 가녀린 몸 가린 모습
님이 서서
천상의 노래를 부르네

더 없이 행복한 얼굴
보고만 있어도
행복한 나

님이 다가와 손을 내밀고 웃네
멀리서 온 당신
내 손을 잡아요

님 손에 끌려 올라간 옥좌玉座
님 향이 가득하네

꿈속에서도 당신은 손을 놓지 않고
나는 왕이 되고
님은 왕비가 되었네

꿈아 깨지 마라 내 꿈아 깨지 마라

같이 하고 싶은 저녁

이틀을 넘기지 못하고
앞당겨 만난 님

더욱 아름다워지신 우리 님

이른 봄 요염하게 피는
동백꽃이네

홍조를 띤 얼굴
밝고 더욱 아름다워라

오늘 저녁만큼은
같이 손잡고
당신 좋아하는 음식 같이 하고 싶었네

매일 바쁘다
제때 식사 한 번 못하고

저녁 늦게야 찬밥으로 때우는 님
건강 해칠까 마음 조리네

님 보고 안쓰럽다 생각만 말고
건강을 지켜드려야겠네

사흘을 넘기지 못하고 만난 님

사랑의 연을 맺어요

백합 같은 우리 님
우리 사랑의 연을 맺어봐요

진정 사랑한다면
무엇이 두렵나요

전생에 못다 한 여한
이제 풀어 봐요

하루도 열 백번 생각하는 님
모든 세상이
당신으로만 보이네요

상사想思라고 하나요

사랑의 연을 맺고
함께 꿈을 꾸어 봐요

님의 입술

청정한 진달래 꽃잎처럼
곱기도 하여라

어느 화선이 그렸을까

하얀 이 드러내니
더욱 아름답네

춘향가가 나오네
적성가가 나오네
흥타령이 나오니

더욱 처연하여
떨리는데

뺏고 싶은 입술이네

보석을 찾았네

무엇에 끌리 듯 우리 님 찾아

먼 길을 마다않고
달려갔습니다.

세상 하나밖에 없는
빛나는 보석이

나를 만나기 위해 기다렸다는 듯
숨어있었습니다

가까이 가보니
평생 찾아다니던
소중한 님

보기도 아까운 님이었네요
가슴에 몰래 숨겨 두고

나 혼자 보고픈 님

백자 같은 님

조선 분원자기 빛깔처럼
그윽한 님

천박하지 않은 고아함이
빛깔 좋은
목단 항아리일세

아무도 모방하지 못할
단아함이며

소박한 듯 화려한
아름다움이여

깨질까 조심히 만져보고
어깨의 향을 맡기도 합니다

용비녀 머리에 꽂고

오늘은 살풀이 춤 춥니다.

님의 방엔 서각의 향이

사방탁자로 멋을 내고
그 위에 서각書刻을 놓았네

'악무樂舞'란 성인의 글을 새겼네
음악을 듣고
정치를 알며
춤을 보아야
그 나라의 덕을 안다는 글

벽에 걸린 매화도엔
금슬 좋은 와작瓦雀 한 쌍

님만 바라보고
향기로운 품에 사니
얼마나 행복할까

님의 가슴에 품은 덕은

소리일세

더 큰 정이야 사랑이지만

그리운 병을 어이하리

그리운 님
하루만 안 봐도
병이 되어

다른 일이 재미가 없네
그립다 그립다 상사를 어이하리

당신과 만나는 날만
손꼽아 기다리는데

오늘은 춘향가로
님을 만났네

쑥대머리는 가슴 치는
상사곡인데
소리는 한이로되

님 모습은 더없이 아름다워라

눈길을 보며

밤새 쌓인 눈
온통 천지가 하얗네

순백의 정결함은
님의 얼굴이네

따스한 님의 손 잡고
걷고 싶은 눈길

걸으면서 님을 보고
볼도 만져주며
머리도 쓰다듬어 주고 싶네

매일매일 쌓이는 그리움도
함박눈 같은 설레임 아니랴

밤낮없이 그리는 님

님 생각하다
뜬 눈으로 지샌 밤

님 답장 없으면
마음마저 산란해져

하루에도 수백 번이나
님을 생각하며
노래를 적네

오늘은 더욱 그리워
님의 사진에 입맞춤 하였네

잠도 자지 않고 생각하는 님
먼동이 훤히 트였네
새벽이면 더 그리는 님

소리와 시와 춤

님이 가장 즐거워하는
세 가지 덕은
소리와 시, 춤이네

나도 이를 사랑하여
매일 님에게 보내는 글 속에
음악을 담기도 하고

그림 같은 시로 적어
한 밤을 품고 있다가
새벽녘에 보내네

오늘은 노랑 한복 고운 맵시
요조숙녀로
광한루에 선 날

덩실덩실 춤을 추네

삼산三山은 반락半落
저기 떠 있는 구름은
무슨 비바람을 품었는가.

더 없이 곱디 고운님

언제나 유정하신 님 만나나

님이 공산명월에게 물어보네

님 그리워 죽은 사람
몇몇이나 되느냐
유정한 님 이별하고
수심 그리워 찾는데

못 살겠네
무정하신 님을 만나서
맺힌 한 풀 날은 언제 인가

고나헤
어허 이일이로구나

애끓는 님의 육자배기
가슴을 파고드는데

내가 유정한 님 되어
만단 회포 풀어주고 싶네

가슴시리고 보기도
아까운 님

동백은 시들지도 않고
사철 푸르네

춘설 속에도 꽃을 피니
빛나는 절개로세

가세 가세
동백이 피는 해변으로 가세
님이 자란 해변으로 가세

동백 꽃 꺾어
머리에 꽂아드리고

사랑한다 고백해야 겠네

뒤늦게 만난 님이라

가슴 더 시리고
보기도 아까운 님

분명 꿈은 아니었네

용기 내어 잡아 본 님의 손
깍지도 끼고

'보기마저 아까운 님'
속마음 고백하였네

떨리는 님의 입에서 전해져 온
소녀 같은 탄식마저
가슴속에 지워지지 않을
아픔으로 남는데

매일 당신 꿈을 꾸다
오늘은 분명 꿈이 아니었네

귀한 님 생각하니
또 그리움만 쌓이네

며칠 후 만날 약속이
멀게만 느껴져

당신 품으로 오라하시는데

동지 달은 왜 이리 추운지
님 곁에 없으니
춥다 춥다
더욱 춥더라

님은
추우면 내 품으로 들어오라
하시는데

베게가 낮으면
내 팔을 베고 누우라하시는데

진정 유정한 밤은 언제 오려나

언제 님 베게 마주하고
만단회포 푸는 밤 올까

가슴 아픈 꿈인데
눈물 펑펑 쏟을 일인데

가인 송강松江처럼

풍류로 일생을 살다간
송강 정철
남원에 연인 숨겨두고
소년처럼 살았네

강아江娥라 이름 지어주며
아낌없이 사랑하고

춘매주가 읽는 밤이면
강아는 금琴 타고
송강은 단가로 화답했네

천생 부부처럼 살다
죽음마저 두 연인을 갈라놓지 못했으니
강아는 임의 무덤 옆에 묻혔다네

나도 님과 이런 사랑 해 봤으면

밤이 되니 보고픈 마음
더 간절해지네

아! 아름다운 님 시

당신도 잠 못 이루고
깊은 밤에 글을 보냈네요
새벽에 읽은 님 시 읽고
그만 눈가가 젖고 말았답니다.

가슴속에 꼭꼭 숨겨온
속마음 열어보이듯

소리하며 웃고 울던
님 삶이
아 모두가 시였네
당신은 아름다운 시인이었네

님 있는 곳이
강하나 사이 둔 지척인데도
자주 건너지 못하는 한

다시 잠을 청하면 저 강을 건널 수 있
을까
아침부터 밀려오는
님 그리움 일세

님의 목소리

님 목소리는
천상의 소리인가

한동안 목이 불편하여
고생하시더니
청아한 목을
다시 찾으셨네요

옥구슬이 구르듯
바람에 흔들리는 풍경소리
세상을 깨우는 득음이네

아침부터 저녁까지
님 목소리 듣고 산다면

슬픈 일 모두 묻히겠네

힘든 것 같이 들어요

먼 길을 아프게 오신 님

이제 걱정 말아요
힘든 것은 같이 들어요

당신이 오시니
음악이 흘렀습니다

내가 그리던 가슴 아픈 소리

젖은 눈시울 닦아주며
가녀린 어깨 안으니

당신의 향기가 방안에 가득 하네요
꿈속에서 그린 님

님 안고 말 한마디 못한 밤

어느 날 문득 그림처럼
내게 온 님
꿈속에 그리던 인동초忍冬草였네

겨우내 찬비 맞으며
견디어 온 지난 날

약속한 사랑이라며
서둘러 꽃을 피우네요

비바람 불어 인동꽃이
뚝뚝 떨어지는 날

가슴시리다 안아 달라하네요
님을 안고 말 한마디 못한 밤

소리 없는 아픔 모두가

내 마음의 눈보라가 되더이다

당신을 그리는 정

아름다운님
꿈속에서 그리다가
또 여명이 밝아 오네

보내주신 글 또 읽어 보네

'자주 볼 수 없는 그리운 님
꿈속에서라도 뵈옵길...'

아 님도 꿈을 꾸고 있다네
진정 사랑할 수밖에 없는 님

다시 눈을 감고
님을 찾아 사랑가로 노닐 적으

동지섣달 설한풍도 막을 수 없네
님 그리는 정을

청산으로 돌아온 님

녹수綠水가 강을 만나
먼 바다로 흘러 흘러갈 제

이별인줄 모르고
유유함만 즐기다가

청산과 멀어진 후에야
님과 멀어진 것을 알았네

쌓인 정이 너무 많아
이별만은 할 수 없네

녹수가 비바람 일으켜
청산으로 돌아오니

수목들마저 일어나 춤을 추며
녹수를 반기네

칠보잠보다 소박한 비녀

홍보마누라 심성일세
소박한 님

칠보비녀 사준다했는데
그냥 작은 비녀가 좋다하네요

내 소리는 모두 서민의 것인데
어떻게 칠보잠을 할 수 있어요

심청은 왕비 되고
춘향도 정부인 직첩을 받아
괜찮다 했는데도
굳이 작은 비녀를 해야 한대요

아름다운 마음씨는
진정 춘향이고 심청일세

내면에 가득 찬 덕성
더욱 사랑스런 모습이어라

외로운 밤에 듣는
삼산*은 반락

감춰 둔 도화동주桃花洞酒 꺼내
임 생각나면
술잔을 기울이네

대작對酌할 이 없는
외로운 밤

낭낭한 님 창 반주삼아
오늘도 가슴으로 듣는데

'삼산은 반락 청천외요 이수중분은 백
로주로구나
정이라 허는 것을 아니 줄려고 허였
는디
우연히 가는 정은 어쩔 수가 없네...'

더욱 애타고 그리는 정을 어이 하리
오늘 밤 꿈속에서만큼은
손잡아 주소서

* '삼산三山은 반락청천외半落靑天外요 이수중분二
  水中分은 백로주白鷺洲로 구나'

삼산은 청천 밖으로 반쯤 걸렸고, 이수는
백로주로 가운데로 나뉘었네.
이백의 시 '등금릉봉황대登金陵鳳凰臺'의 한 구
절이다.

사랑하면 놓지 말라하네

저기 떠 있는 저 구름은
무슨 비바람을 품었는가
말은 가자고 네 굽을 치는데
임은 꼭 붙들고 아니 놓네

부안기 매창인가
여류 옥봉인가
약속하는 말 끊으며
말고삐 잡고 울고불고 한 님

황진이는 백골 되어
임제林悌가 따라주는 술잔이라도 받았
으나
가련한 옥봉은 시첩을 허리에 두른 채
바닷가 시신이 되었다네

숨겨진 가인들의 한

흘린 눈물은 강이 되었으되
내 가슴속 영혼을 일깨워 주는데

옛 글은 님 사랑하면
놓지 말라하네
후회할 일 하지 말라 일러 주네

밤새 창가에서 울던 새

창가에 외로운 은행나무
까치 한 쌍이 앉아
밤새 울었네

휘이 휘이 쫓고 보니
슬피 우는 이유를 알았지
인정머리 없는 사람들이
까치집을 헐어버렸네

엄동에 둥우리를 잃었으니
새들은 어디로 가야 하나
강에서 불어오는
북풍은 차갑기만 한데

떠나지 못하는 새야
너무 슬퍼말아라
너는 짝과 함께 새 집을 지을 수 있지만

지척에 님 두고도
그리울 때 만나지 못하는
내 처지가 더 가련하다

님과 도화주 마시고 싶네

님과 마주하면
도화꽃으로 빚은
미주美酒 마시고 싶네

따라주는 손길마다
도화향이려니

합죽선 잡은 손이라
자태 또한
그림 같으리

마시는 곳이 도심이라
권주가 못 듣는 것이 한이겠지만
홍조 띤 얼굴이
더욱 아름답게 피겠지

수줍게 웃는 모습 생각하니

더욱 마음 설레이네

보내주신 님 사진

크리스마스 날 아침
뜻밖의 선물 받았네

웃고 있는 님 사진
칠보잠 꽂으시고
고아한 한복 입으셨네

아름답기 그지없는
사랑스런 얼굴일세

명모호치明眸皓齒
분홍색 입술 모두가
너무나 그리워라

큰 선물 받고 가슴이 뛰네

님을 만나는 날

꿈길에서도 님이 보였네

설레이는 가슴 잡고
어서 어서 해가 밝아라
오늘 같이 좋은 날 잠을 잘 수 있느냐

님과 만날 수 있다면
혹한의 추위가 대수랴

따뜻한 손 마주잡고
검은 머리에 입맞춤하면

세상이 온통 따뜻한 봄날이려니

눈에 넣어도 아프지 않은 님
꿈 같이 가까이 있는데
이제는 춥다 춥다 하지 않으리

풍악 싣고 강 건너리

님과 함께
강을 건너고 싶네
내겐 오직 님 밖에 없으니
풍파인들 두렵겠나

혼자 강을 건너다
죽은 공후인가箜篌引歌의 주인공은
얼마나 가여운가
하늘의 벌을 받은 게지

강상풍월 같이
한송정 솔이라도 베어
작은 배라도 하나 만들겠네

님 좋아하는 풍악風樂 다 싣고
노래하며 건너리라

강이 다해 은하수에 도달해도

님과 끝없이 가려니

이보다 큰 즐거움이 어디 있으리오

지난밤이 너무 아름다워

님을 그토록 사랑하여
나는 정장을 하고
님 앞에 무릎 꿇었네

밤마다 그리움으로 쓴
시를 헌정하고
죽음이 우릴 갈라놓을 때 까지
당신을 사랑하겠노라 다짐하였네

내 생애 가장 가슴이 뛴 날
당신 손에 입맞춤 하는 순간
나도 눈물이 맺혔네

당신은 눈부시게 아름다워
영롱한 눈이 또 젖어왔네
내 가슴에 손을 얹고
얼굴을 묻고 말았네

이 세상 태어나
가장 행복한 날
님이 내 사랑을 받아준 날

착한 님

이 세상에서
가장 아름다운 님
착하고 눈물 많은 님

봄비에 흩날리는
매화꽃의 애잔함에도
눈이 젖는 님

검은 머리 곱게 빗고
노랑저고리 입으시면
춘향이 되시는 님

동백꽃 타령인가
너울너울 춤을 추면
선녀가 되는 님

이 세상에서 가장 아름다운 님

외로운 사랑

님과 헤어지는 순간부터
밀려오는 외로움

사랑하는 사람아

만나고 나면
더 보고 싶어지는 것을 어찌 하나요

매일 같이 있어도
시간이 모자라는데
가슴에만 넣고 사는 외로움이
너무 길기만

가까이 두고도
가슴에만 넣고 지내는 슬픔이
안타깝기만

당신과 살고 싶은 곳

하얀 복사꽃 피는
그림 같은 정원
아카시아 향기 가득한
뜨락에서 살자

당신 머리 빗겨주며
어여삐 사랑해 줄게

흥타령 듣고 싶으면
당신에게 청하여
둘만의 음악회 열자

님의 품에서
아름다운 소리 듣고 사는 것이
최고의 기쁨이려니

보기도 아까운님 하고

금둔사 홍매

백제 가람 순천 금둔사에
홀로 핀 홍매

천수백년 아픈 상처
상사꽃이련가
얼굴마저 홍조를 띠었네

지금도 유정한 님
따뜻한 가슴 그리며
상사의 한으로
지켜 온 나날인가

눈보라 비바람에도
고아한 모습 지키는
당찬 아름다움이

우리 님을 닮았네

꿈속에서 만나는 님

만일 꿈이 아니라면
매일 어떻게 만날까

꿈속에서라도
아름다운 님
만날 수 있으니

눈물겹도록 그리운 사랑
꿈이 아니면
맺을 수 있으리오

몽유도원도도 꿈이요
신라 조신 스님도
꿈속에서 사랑님과 살았으니

짧은 꿈결속이라도
가슴 어루만져 줄

님만을 기다리네

사랑스럽고 사랑스러운 님

생각만 해도 그리운 님

다정한 눈빛으로
사랑을 받아주는 사람

찬 손 잡아주면
금세 따뜻해지는 우리 님

감미로운 목소리로
내 귀에 대고 속삭이듯
사랑해요
가슴에 파고드는 님

귀하게 만난 사람
기적처럼 만나 사랑을 키워가는
끝없이 좋은 우리 님

가슴 깊은 감동으로
매일 매일 그리운 사람

연꽃이 우리님 닮았네

연꽃 맑고 우아함이
우리 님 자태를 닮았네

진흙이 묻을세라
사슴처럼 고개 들어
귀함을 뽐냈네

모든 잎을 활짝 열었음은
사랑가를 부르기 위함인가
님을 찾는 애절함인가

그 자태가 너무 곱디 고와
가슴마저 떨리네

오시기로 약조한 님
손꼽아 기다리며
향을 토하는 연꽃이여

님에 드릴 분매

잔설이 녹지 않은 입춘
님에게 드릴
분매盆梅 하나 구했네

단양 두향이 퇴계에게 선물한
가냘픈 분매에 비기랴

아름답고 오묘하네
볼수록 신비하고
님처럼 정이 가네

꽃망울은 방금이라도 터질 듯한데
님의 얼굴 닮았네

만지기도 아까운 님
너무 보면 닳을라

매화향이 그윽하네
사랑스러운 님의 향기처럼

분매를 드리는 날

님에게 어렵게 구한
분매를 드리는 날

행여 가지라도 꺾일까
걱정하는 우리 님

햇볕 드는 창가에 놓고
나를 대하듯 보소서

꽃가지에 입맞춤하며
사랑한다 속삭여 주소서

매화꽃 피거들랑
내 간절한 사랑이
피어났다 생각하소서

당신의 사랑 받는 분매로

곁을 지키며

님 그리운 향을 뿌리오리다

가슴에 넣고 사는 사랑

사는 것이 사랑이네
님을 가슴에 품고
사는 사랑

사는 것이 그리움이네
밤새 님을 그리다
눈 뜨면 더 그리운 사랑

사는 것이 아쉬움이네
매일 함께 못하는 님
그리움만 쌓이는 사랑

그래도 사는 것이 기쁨이네
아름다운 님의 사랑
감동하며 사는 사랑

생각만으로도 행복한 사랑일세

님 정원의 상사화 되리

아침이면 이슬 먹은
순결한 꽃 상사화 되리니

때로는 해가 되고 달이 되어
우리 사랑 지키려 하네

님 피곤하면 어루만져 주고
손이 얼면 녹여드리리

님이 슬퍼할 때는
함께 울어주는
애틋한 사랑이 되리니

님 정원의 상사꽃 되어
우리 님만 바라보며
일생을 살아가리

밤새 그리다 받은 시

밤새 님을 그리다
깜빡 선잠 깨보니

님도 잠 못 이루고
그립다 그립다
아름다운 시를 보내셨네

향기로운 상사화 되어
해와 달이 되어
비추고 싶다하시네

때로는 슬픔을 같이하며
같이 울어주신다 하시네

눈시울이 붉어지는
감동으로 벅찼지만
우리 님 건강 해칠까

걱정이 앞서네

오늘 새벽 상사화가 만발하였네

시계야 가지마라

님을 만나는 날은
시계를 정지 시키고 싶은데

너무 빨리 흐르는 시간
금새 이별할 시간이네

견우 직녀도
우리와 같은 마음이었으리

님의 머리칼을 쓰다듬고
이마에 입맞춤하네
사랑해요 사랑해요

조금만 더 조금만
향기로운 님의 체취를 찾네

분매 같은 우리 님

가냘픈 가지 연지連枝 되어
세상 유혹 지키신 듯

분매 닮은 우리 님

찬 겨울 비바람 속
애잔하게 살아오신
고아한 자태일세

이제는 사랑님 곁에서
곱게 지킨 정절 허물며

연분홍 꽃망울을
터뜨리려 하네

고운 모습으로
님 맞을 준비만 하네

님의 고운 자태

애써 멋을 내지 않아도
곱디고운 모습

님은 천생 미인이시네

가볍게 손짓만 해도
동백타령 춤이 되고

사뿐 사뿐 걷는 뒤태
가야국 비천飛天인가
춘향인가

의자에 앉아있어도
가슴 뛰는 미인도가 되네

사랑스러운 모습이어라

봄 비

아침부터 내리는 봄비
경칩이 내일 모레인데

목련나무 가지는
대롱대롱 맺힌 이슬이
춥다 무겁다 하네요

님이 선물한 우산 펴들고
목련나무 밑에 서니
간절한 우리 님 생각

비 멎고 바람 잔잔하면
따뜻한 봄바람이 오리니

가지에 맺힌 찬 빗물쯤이야
지나가는 추억이 아니리까

님 같은 모습 만들 수 없네

아무리 훌륭한 조각가라도
우리 님 같은
아름다운 모습을
만들 수 없네

사슴같이 맑은 눈
부드럽고 정결한 살결을
빚을 수 없네

따뜻한 가슴에 간직 된
자애로운 눈물을
담아낼 수 있을까

사람들 가슴을 울리는
천상의 소리도
흉내 낼 수 없네

훌륭한 화가일지라도
우리 님 사랑스런 모습을

장미 같은 우리 님

자색 장미꽃 닮으셨네
단아하고 고운 님

얇디얇은 비단 결 꽃잎
겹겹으로 싸고 감아

속되지 않은 자태를
향기 속에 숨기셨네

백화 가운데 여왕이시라
마음도 따뜻하여
세상에 온기 뿜으시니

님의 사랑 크게 받으시네

피지 않은 꽃송일랑
소중하게 숨겼다가

님 오시는 날 활짝 피리라

감동 주는 말 '당신'

내가 우리 님에게
감동하는 말은
영원히 가슴에 담을
'당신'입니다

내 가슴을 파고들며
속삭이듯 들려주면

님 사랑으로
열병을 앓고 있는 나를
언제나 감동 시킵니다

눈물겹도록 아름다운 님
옆에서 보고만 있어도
당신은
황홀한 여신입니다

인생은 즐겁고 멋진 길
당신 손잡고 여행하며
사랑 나누며 살으렵니다

우리 님의 흥타령

오늘은 우리 님이
비단 노리개 차시고
흥타령 부르시네

소리마다
이별의 한 담은 가락
애절한 시어들인데

땅 속에 묻힌
진이 그리는 소리는
가슴 시려 차마 못 듣겠네

죽음이 갈라놓으면
생과 사 모두가
이토록 슬픈 일인데

님과 영영 이별 없이

살 수는 없을까

님의 열창이 더욱 가슴에 닿아
처연하며 사랑스럽네

춘몽이라면 깨지 마라

잠시 헤어졌다 만나는데도
은하수 건너
견우의 심상이네요

왜 이리 안타까울까
보고 있어도
마냥 그리운 님

사랑해요 사랑해요
수백 번을 속삭이며
당신 어디 있다 이제 오셨어요
가슴에 파고들며
안아 달라 하시는 님

춘몽이라면 깨지 마라
아름다운 우리 님
머리칼 쓰다듬으며

백년 천년 살겠노라

꿈이라도 자주 보여주면

밤새 꿈속에서
님을 찾아 헤매다

일찍 깬 새벽이면
더욱 가슴에 그리는 님

터질 듯한 상사로
시를 써 보내네

우리 님이 불러 주신
흥타령 가사를 닮네

님이여 내 사랑아
비록 꿈이라도
자주자주 보여주면
님과 함께 살겠네

새벽이면 더욱 간절한
내 사랑 우리 님

활짝 피는 분매여

우리 님에게 시집간 분매가
더욱 요염하게
꽃을 피우네

찬 비 맞을 땐
수줍게 가린 꽃봉오리가
옹아리만 하더니

님 따뜻한 가슴에 안기더니
서둘러 꽃잎을 여네

아래만 보고 핀다는
도수매倒垂梅인데
자꾸 하늘을 보고 피려하네

우리 님 사랑 듬뿍 받으니
생기마저 하늘로 치솟는 것일까

님이 따준 보름 달

가슴 시리게
우리 님 찾아 헤매다가

문득 꿈에서 깨어나니

님도 잠 이루지 못한 채
밤하늘 구름 걷어
대보름달 따 보내셨네

유독 빛나는 자태
우리 님의 고운 모습일세

님 그리운 시름마저 잊고
두 손 모아 소원을 비네

우리 님 건강과 행복을 지켜주소서

동백꽃 사랑

님을 누구보다 사랑한다는
꽃말을 가진 동백꽃

흩날리는 눈보라
홀로 이겨내며
세상 가장 아름다운 꽃으로
꽃망울을 터뜨렸네요

남 몰래 따가지고
가슴에 숨기고 싶었던 꽃

동백꽃 같은 우리 님 만나
애잔한 꽃가지마저
꺾고 말았네요

우리 님이 아프실까
상처 싸매주며

누구보다 사랑한다고
매일 같이 동백시를 쓰네요

녹수꽃

산 나뭇가지들이
아직은 잠을 자고 있는데
서둘러 핀 녹수꽃

동토凍土를 헤집고
정결한 꽃잎을 피었네요

곱다 곱다
찬 겨울 이긴 꽃이라
너무 요염하여
노랑저고리 입은
우리 님 자태 같은데

산 계곡 찬바람에 흔들려
애잔한 춤을 추네요

예쁜 손가락 너울너울 흔들며

고운 춤을 추는
우리 님 자태 일세

춘난 같은 우리 님

사철 향기 그윽한
춘란 하나 키우려 하네

화장기 없어도
아름다운 얼굴
그냥 보고만 있어도
사랑스럽네

매란국죽梅蘭菊竹 다 아름다우나
난 같은 정절이 있을까

가녀린 손잡으니
눈물겹도록 정이 가네

평생 춘란春蘭 보듬으며
사랑하고 사랑하리
슬프고 외롭지 않도록

세상 티끌 닦아 주리